DE LA

PROPRIÉTÉ DRAMATIQUE,

DU PLAGIAT,

ET DE L'ÉTABLISSEMENT D'UN JURY LITTÉRAIRE;

Par J. B. A. HAPDÉ,

MEMBRE DE LA SOCIÉTÉ ROYALE ACADÉMIQUE DE PARIS, DE LA
RÉUNION DES AMIS DES MUSES, DE LYON, ETC.

A PARIS,

DE L'IMPRIMERIE D'Anth°. BOUCHER,
SUCCESSEUR DE L.-G. MICHAUD,
RUE DES BONS-ENFANTS, N°. 34.

M. DCCC. XVII.

~~~~~~

AVIS AU LECTEUR.

———

Cette dissertation sur la Propriété drama-
tique a été insérée dans les N°s. 101, 114, 115
et 173 du COURRIER DES SPECTACLES, *1re. année.*
Plusieurs personnes ayant témoigné le desir de
voir réunis ces divers articles, l'auteur les a fait
imprimer, en y joignant quelques réflexions
sur le Plagiat, et quelques idées sur l'établis-
sement d'un Jury littéraire.

~~~~~~

DE LA
PROPRIÉTÉ DRAMATIQUE,
DU PLAGIAT,
ET DE L'ÉTABLISSEMENT D'UN JURY LITTÉRAIRE.

UNE question fort importante pour les gens de lettres, est celle de savoir si la *propriété dramatique* peut être considérée comme toute autre propriété, c'est-à-dire comme *propriété perpétuelle* et *transmissible*. Avant d'entrer en matière, nous présenterons les observations suivantes, que dicta la plus sévère impartialité.

On reproche aux comédiens français un luxe démesuré, et l'on paraît en inférer que s'ils étaient moins opulents, les auteurs seraient plus à leur aise. Cette supposition est-elle bien fondée? Quels sont donc les sociétaires dont les richesses, dont l'étalage, peuvent provoquer la critique et exciter la jalousie?

Talma? Celui-là est *hors ligne*; car la grande fortune que Talma possède, ou doit posséder, n'est pas le produit de *sa part*, mais celui des énormes avantages que lui valurent ses talents

1

extraordinaires, ainsi que ses longs et nombreux congés.

Saint-Prix ? Mais Saint-Prix n'est riche que par le fait de son mariage. Quelle est donc l'opulence proprement dite des autres ? Ils vivent au contraire avec beaucoup de simplicité ; leur intérieur n'offre aucun faste.

Et d'ailleurs, pourraient-ils être fastueux les sociétaires qui n'ont réellement que le fruit de leurs travaux ? Le *maximum* des parts est de 20,000 fr. La dépense annuelle d'un premier rôle est d'environ 6,000 fr. Reste 14,000 fr. Avec 14 ou 15, je suppose même avec *vingt mille francs*, peut-on, à Paris, avoir une voiture et ses accessoires, surtout si l'on veut faire quelques économies, et soutenir honorablement sa famille ?

Dans l'ancienne Comédie-Française, quels étaient les sociétaires remarquables par le train qu'ils menaient ? Larive et Molé. Une alliance fit aussi la fortune du premier ; les faveurs de la cour et les bénéfices de la direction des théâtres de Rouen enrichirent le second.

Lekain ne vivait que dans une honnête aisance ; il n'a laissé après sa mort que 50,000 fr. Considérera-t-on comme objet de luxe quelques maisons de campagne, que, parmi MM. les sociétaires, plusieurs ont acquises et d'autres louent seulement ? Mais ce qui, chez nos bourgeois, n'est que de simple agrément, devient pour un comédien d'une

véritable utilité. Pour un comédien de premier
ordre, je m'explique, certaines études demandent
la retraite. Combien de rôles, dans Racine et
Molière, exigent le calme de la solitude pour être
médités !

Voici ce que disait un jour l'estimable et sen-
tencieux Vanhove à un jeune sociétaire engoué
de son succès, et qui se plaignait de la modicité
de son traitement : « Mon cher, pour avoir l'hon-
neur d'appartenir à la Comédie-Française, il faut
passer dix ans à faire des dettes, dix ans à les
payer, dix ans à économiser. »

Cette espèce de maxime paradoxale renferme
tout ce qu'il serait possible d'ajouter sur cette
matière. Elle fait connaître en peu de mots les
sacrifices, les devoirs et les espérances d'un sociétaire du Théâtre-Français.

Les auteurs demandent que leurs droits soient
payés désormais *à perpétuité*, et que par conséquent ces droits deviennent transmissibles à leurs
descendants, à leurs héritiers en ligne directe ou
indirecte, à leurs cessionnaires, etc.

S'il est reconnu, en principe, que la *propriété
littéraire dramatique* doive être assimilée à la
propriété immobiliaire ou de *rente*, cette obser-
vation en est la suite naturelle :

La loi nous accorde, diront les comédiens, la
faculté de jouer sans aucune rétribution l'ouvrage
d'un auteur dix ans après son décès. Nous payons

à l'auteur, par exemple, en raison de cette limitation, un quinzième sur la recette pour une pièce en un acte; mais si, au lieu de payer à *temps déterminé* ces mêmes droits, nous les devons à perpétuité, est-ce bien un quinzième qui appartient à l'auteur?

Le revenu d'une maison achetée à vie est-il celui d'une maison achetée au comptant? Le taux de la rente viagère est-il celui de la rente perpétuelle? Dans le premier cas, l'intérêt de l'argent n'est-il pas payé à dix pour cent; dans le second à cinq?

Louis XV, protecteur des lettres, a déclaré insaisissable le fruit des productions de l'esprit. Mais si la propriété dramatique rentre dans la classe de toutes les autres propriétés, vos droits ne sont plus garantis ni préservés des poursuites judiciaires; un littérateur pourra être exproprié de son propre ouvrage comme un particulier l'est de sa propre maison.

Les auteurs, en demandant que leurs droits fussent reconnus et payés à perpétuité d'après la base qui existe aujourd'hui, n'ont peut-être point assez examiné les charges et les chances de la Comédie-Française. Sa dépense est de 35 à 40.000 fr. par mois. Sa recette n'offre pas, chaque année, un résultat également avantageux; et si nous avons avancé plus haut que le *maximum* des parts était de 20,000 fr., nous devons dire aussi que, de 1800 à 1807, elles ne furent, année commune, que de 15,000 fr.

Le revenu des sociétaires est donc soumis à des variations qui proviennent, en majeure partie, du mérite plus ou moins grand des ouvrages nouveaux et de leur succès. Trois mois sont consacrés souvent à l'étude, à la mise au théâtre de l'un de ces ouvrages; s'il ne réussit point, il faut donc recourir péniblement encore à l'ancien répertoire, dont les principales ressources auront été déjà épuisées, en attendant la nouveauté: or, la chute d'une pièce en cinq actes entraîne, comme on le voit, presque une demi-année de pertes réelles.

Des auteurs paraissent attacher peu de prix à l'influence du talent des comédiens sur la réussite d'un ouvrage; et c'est, par ce motif sans doute, que quelques hommes de lettres pensent que le comédien ne doit être que le tributaire de l'auteur.

Ce qui serait tout au plus spécieux pour certains petits spectacles de Paris et certaines troupes de la province, où tels et tels acteurs se bornent à réciter leurs rôles, n'est certainement pas applicable à la Comédie-Française. Des exemples nombreux sont sous nos yeux; nous n'en citerons aucun pour ne fâcher personne.

Si donc la participation du sociétaire au succès de l'auteur est incontestable; si, pour ce dernier, le sociétaire devient, par la force de son talent, pour ainsi dire, un collaborateur, pourquoi refusera ce comédien, à cette comédienne, qui auront développé, agrandi quelquefois un caractère faiblement tracé, qui auront fait ressortir des nuances que l'auteur lui-même n'avait point aperçues, qui auront enfin trouvé des effets scéniques où le poète n'avait écrit que des vers....., pourquoi, dis-je, vouloir que ceux qui auront si puissamment contribué à la gloire d'un auteur, ne retirent aucun avantage pécuniaire d'un travail presque devenu commun ?

Après une première représentation qui a enlevé tous les suffrages, les sociétaires pourraient dire aux auteurs : « L'élan de la reconnaissance vous transporte souvent dans les bras du comédien auquel vous croyez devoir la moitié de votre grand succès ; au moment du triomphe, Messieurs, vous n'êtes point ingrats ! alors vous ne voulez pas nous faire considérer comme de simples tributaires ! »

Des considérations relatives aux théâtres secondaires.

Les théâtres secondaires nous semblent eux-mêmes être susceptibles d'une subdivision, c'est-à-dire, théâtres jouant spécialement le *vaudeville*, théâtres jouant le *mélodrame*, et le *vaudeville* par tolérance.

Pour traiter à fond la question, il faudrait, avant tout, être bien d'accord sur ce point : les mélodrames sont-ils ou ne sont-ils pas des productions de l'*esprit ?*

A l'égard des vaudevilles, ils en sont l'essence ; point d'équivoques, point de doute. Ainsi donc les droits sont dus à leurs auteurs à perpétuité. Mais comme un vaudeville n'est en général qu'une œuvre éphémère, ou par son mérite, ou par la circonstance qui l'a fait naître, les héritiers et collatéraux d'un auteur de la rue de Chartres ou des Variétés auront rarement de procès à intenter pour une telle succession ; toutefois celle-là est bien acquise, parce qu'elle résulte du seul fait, du seul travail de l'auteur.

Quant aux mélodrames, établissons d'abord deux sortes de mélodrames ; le mélodrame *drame* et le mélodrame à grand spectacle ; c'est-à-dire, le mélodrame qui ne l'est pas, et le mélodrame qui a l'entière perfection du genre.

Le mélodrame qui ne l'est pas (pendant tout le temps qu'on le laissera jouer aux boulevards) doit être bien sûrement assimilé aux *drames* qui rentrent dans les attributions du premier et du second Théâtre-Français ; il doit jouir des mêmes prérogatives tant pour la base des droits d'auteur que pour leur perpétuité.

Le mélodrame à fracas, *à incendie, à pluie, à vent, à grêle, à neige, à lune* ou *à soleil,* est

dans une autre catégorie. Le machiniste et le
peintre surtout, sont ses véritables auteurs; ils le
sont au moins pour un tiers; l'administration, qui
fait tous les frais, qui court tous les risques, pour
un second tiers; le troisième appartient par moitié aux journalistes qui vantent l'ouvrage, et le
reste est tout entier à celui qui a fait la pièce. Y
aurait-il, en conscience, obligation absolue d'exiger que la sept ou huitième génération de celui
qui a composé un semblable ouvrage, vînt rece-
voir, l'an 2440, les droits d'*auteur?*

En somme, il paraît indispensable de ne pas
classer les justes prétentions des auteurs dramatiques; nous soumettrons nos vues à cet égard, en
offrant notre résumé.

Plus on réfléchit sur l'objet de cette discussion,
plus on le trouve susceptible de développement.

De part et d'autre il y a des droits incon-
testables, et peut-être aussi de trop grandes
prétentions.

Point d'auteurs, point de théâtres; par conséquent point de comédiens. Cela est vrai.

Point de comédiens, point de théâtres, point
d'auteurs ou très peu, et plus d'art dramatique.
Cela est encore vrai.

Sans doute on n'a pas besoin des comédiens
pour faire des ouvrages; mais peut-on s'en passer pour les représenter? Si l'on était réduit à

le même temps à un autre genre d'occupation, il eût acquis pour sa famille une fortune suffisante à son existence, et il lui laisserait un honnête héritage. Cet héritage, ce sont ses droits d'auteur, fruit de trente ou quarante ans de travaux, et cet héritage appartient bien sans doute à sa veuve, à ses enfants et à leurs descendants.

Or donc, que la loi qui établira la perpétuité de la propriété dramatique soit générale pour tous les théâtres du royaume, rien de mieux ; mais que son application soit modifiée pour la Comédie-Française, rien de plus juste aussi ; parce que la Comédie-Française a droit à des considérations particulières, à des avantages spéciaux, en raison de ses grandes dépenses, en raison de ses grands talents et de la part notoire, incontestable, que ses principaux membres ont à un succès, en raison enfin de cette unique réunion de chefs-d'œuvre et d'artistes, réunion dont il importe à la gloire nationale de soutenir l'éclat, et qui est tout-à-la-fois l'école de l'art et le sanctuaire du goût.

Ne serons-nous pas équitables, judicieux, en proposant que, parmi tous les grands théâtres du royaume, la Comédie-Française, *seule*, ne payât qu'aux *héritiers en ligne directe* d'un auteur dramatique, le droit entier qui sera fixé ; et ensuite qu'elle versât à perpétuité un tiers de ce droit dans la caisse générale des encouragements et pensions des hommes de lettres ?

Quant aux grands théâtres des départements, s'ils payent à perpétuité à tous héritiers, collatéraux, etc., on examinera probablement si les droits doivent être les mêmes après le décès de l'auteur que durant sa vie, surtout si ces droits appartiennent à des cessionnaires. Comme il n'est encore question ici que d'ouvrages des grands théâtres, et par conséquent de bon goût, il nous paraîtrait utile d'en faciliter autant que possible la représentation aux directeurs de province.

A l'égard des théâtres secondaires ou petits théâtres de la capitale et des départements, telle est notre opinion :

Les vaudevilles et petites comédies seraient assimilés aux pièces des grands théâtres. Un avis qui offre quelque dissidence nous est transmis ; le voici sans nulle réflexion :

« Les auteurs de ces sortes de pièces (les vaudevilles) en font une prodigieuse quantité. A la rue de Chartres et aux Variétés, ils en retirent un produit assez considérable pour pouvoir, de leur vivant, assurer même à une famille nombreuse, des moyens d'existence. Déjà ce fait n'est pas sans exemple. Ainsi ceux-là jouissent personnellement du fruit de leurs travaux ; ils en jouissent longuement. S'ils meurent, leurs parents héritent d'un bien-être résultant de cette jouissance. Il y a loin de leur position à celle d'un auteur du Théâtre-Français, où un immense et riche répertoire, qu'on ne renouvelle pas aussi facilement qu'au théâtre du Vaudeville et du Panorama, empêche cet auteur d'être assez souvent joué pour se trouver dans la possibilité d'épargner et de laisser une succession, eût-il même obtenu, à la Comédie-Française, un très grand succès.

» Les vaudevilles, aux autres théâtres, n'y étant donnés que par tolérance ou par extension abusive, on ne peut considérer leurs représentations que comme temporaires, et en attendant un travail définitif sur la distinction et la répartition des genres; il serait donc difficile de classer ces ouvrages.

» Les petites comédies, ou comédies-parades, sont dans les attributions de ces spectacles, et doivent être rangées, quant à la perpétuité, parmi les pièces du Vaudeville et des Variétés. »

Le mélodrame? Attendu qu'il n'est pas très clairement démontré que la *gloire nationale* soit attachée à son existence ou même à ses progrès, nous ne devons pas penser que le mémoire signé par une grande majorité d'auteurs du premier rang, ait été rédigé dans la seule intention de placer sur la même ligne le mélodrame et les ouvrages du Théâtre-Français. Nous estimons donc que si, d'une part, il ne faut pas encourager la dépravation du goût, d'une autre, les enfants ne doivent pas être passibles des extravagances de leurs pères, les femmes, des folies de leurs époux;

notre sentiment, disons-nous, serait que *les veuves et les enfants héritassent uniquement,*

Après eux, ou à leur défaut, les droits pour les mêmes ouvrages seraient *doublés,* soit à Paris, soit dans les départements, et le produit versé dans la caisse générale des récompenses et pensions des hommes de lettres qui n'auront point voulu se former un revenu annuel de 25 à 30,000 francs, en apprenant au peuple les secrets de Bicêtre, et en lui offrant sans cesse des héros de la Grève.

Il est inutile de dire que ces droits d'auteur, étant ainsi doublés, les directeurs de spectacle épureraient eux-mêmes leur répertoire; à ce prix, ils ne donneraient que fort rarement de ces ouvrages auxquels le riche vient frémir par désœuvrement, et le pauvre vient suivre, par habitude, un cours raisonné de *crimes* et *d'évasions.*

Pourtant il est, j'en conviens, quelques mélodrames d'une autre espèce; on pourrait les excepter. C'est ici moins le genre que l'abus qu'on en fait que nous prétendons attaquer (1).

_____

(1) Sous le nom de mélodrame il peut exister, ou il existe des ouvrages raisonnables et attachants. Quelques-uns de nos grands écrivains s'étaient occupés d'une espèce de *mélodrame.* On connaît la lettre de Diderot au chevalier de Chastellux, sur le *Traité du Mélodrame.* Rousseau essaya d'introduire ce genre, c'est-à-dire l'action pantomime, mêlée au dialogue. Mme. de Staël,

Pour prouver jusqu'à quel point il est vrai que
la propriété dramatique ne peut être qu'une *propriété d'exception*, nous présenterons, avec
quelques détails, ce cas particulier, dont nous
n'avons dit précédemment que peu de mots. . . .

Un ouvrage est défendu par le gouvernement :
l'auteur doit-il exiger une indemnité ? Pour cela,
il faudrait faire juger que la pièce ne peut être
représentée, et Dieu sait où conduirait une telle
plaidoirie! Accorderait-on à l'auteur cette in lem-

---

dans sa *Lettre cinquième*, s'exprime ainsi en parlant du mélodrame :

« Rousseau a écrit plusieurs ouvrages sur la musique ; il aima
» toute sa vie cet art avec passion. *Le Devin du village* annonce
» même des talents pour la composition. Il voulait faire adopter
» en France les *mélodrames*. Ce genre devrait-il être rejeté ?
» Quand les paroles succèdent à la musique, et la musique aux
» paroles, l'effet des unes et des autres est plus grand. Elles se
» servent quelquefois mieux que quand elles sont forcées d'aller
» ensemble. La musique exprime la situation, et les paroles la
» développent. La musique pourrait se charger de peindre les
» mouvements au dessus des paroles, et les paroles des senti-
» ments trop nuancés pour la musique. »

M.e de Staël a défini, par cette dernière phrase, le *véritable
mélodrame.* C'est un genre qui, par cela même qu'il facilite les
émotions, facilite les succès. L'expérience a prouvé qu'il avait
surtout cette faculté : or, plus ses impressions sont fortes, plus
elles sont à craindre pour le peuple (je m'explique), et plus il est
important de donner des bornes à ce genre, puisque c'est le genre
du peuple.

2

nité sur l'évaluation d'un succès? Mais alors il se
pourrait qu'on eût fort souvent à juger et à in-
demniser ; car il serait beaucoup plus facile de
composer un ouvrage pour être défendu, que de
composer une pièce pour être jouée.

Par la raison que le gouvernement s'emparera
de votre droit de faire représenter ou non votre
ouvrage, invoquerez vous une autre espèce *d'indemnité?* celle voulue par *l'expropriation pour
cause d'utilité publique?* Erreur : le gouvernement qui a eu urgent besoin d'une maison, d'un
terrain, vous exproprie avec *indemnité préa-
lable,* parce que cette maison, ce terrain, sont
nécessaires à l'état ; mais ici, le point est fort dif-
férent, puisqu'il s'agit d'une propriété qui peut
être nuisible à l'état, à la société.

Lorsqu'un bâtiment est déclaré, par les ex-
perts, vicieux dans sa construction, il est interdit
au propriétaire d'en faire usage : souvent même
on le force à l'abattre ou à le reconstruire. On ne
l'indemnise pas pour cela, parce qu'il était maî-
tre de bâtir conformément aux règles de la ma-
çonnerie, comme il est possible à un auteur de
composer son ouvrage conformément aux lois ou
aux circonstances de son pays.

Nous terminerons nos observations par celle
relative à la fixation des droits d'auteur à Paris et
dans les départements. Cette fixation a souvent
été l'objet, à ce qu'il paraît, de discussions, de

mesures illégales et d'actes arbitraires en province.

Dans la capitale, les auteurs des théâtres du
boulevard ont voulu, à plusieurs reprises, obte-
nir des directeurs le paiement des droits d'auteur
d'après la base établie pour les autres spectacles,
et toujours les auteurs ont échoué: tantôt parce
qu'il y avait des faux-frères, dit-on; tantôt parce
qu'il y avait des trembleurs, ou, ajoute-t-on,
parce qu'on faisait un traité secret avec deux ou
trois des principaux, et que les autres, abandon-
nés, étaient forcés de courber la tête sous le joug
directorial.

Dans les départements, des droits d'auteur
trop onéreux, augmentés sans prudence, exigés
avec une extrême rigueur, forcèrent les préfets à
intervenir, pour que les directeurs ne fermassent
pas leurs théâtres. Alors on a rétrogradé, et l'on
a transigé.

Pourquoi ces continuelles variations? Pourquoi
ces arrêtés pris, puis modifiés? Pourquoi ces taxes
différentes, dans un temps et dans un autre?

La masse des auteurs s'occupe peu en général,
trop peu, de ses propres intérêts, et parmi elle,
il n'en faut qu'un dont le zèle soit outré ou l'avi-
dité démesurée, pour entraîner les autres dans
de fausses démarches.

Puisqu'il est bien reconnu, bien établi, que
les théâtres sont, en France, un objet d'utilité

2..

publique; puisqu'il est bien notoire que l'autorité administrative a et aura toujours sur eux, comme sur les ouvrages dramatiques, un pouvoir *discrétionnaire*, pourquoi l'autorité administrative ne serait-elle pas appelée dans ces débats? Pourquoi, d'accord avec les auteurs, et stipulant dans l'intérêt de toutes les entreprises du royaume, ne fixerait-elle pas irrévocablement les rétributions pour tous les ouvrages dramatiques, tant à Paris que dans les départements? Pourquoi, par suite de cette mesure, les théâtres du boulevard ne seraient-ils pas obligés à payer ces droits dans la même proportion des autres théâtres, puisque, comme eux, ils font d'abondantes recettes, puisque leurs salles sont plus spacieuses qu'elles ne l'étaient autrefois, puisqu'en tout, hors en cela, ils veulent imiter les grands spectacles?

Les frais, les dépenses, les risques, disent les entrepreneurs; soit : mais il n'y a pas des frais égaux dans tout ce que l'on représente maintenant au boulevard.... La plus grande partie des *mélodrames* sont de simples *drames*.

Que l'on divise en deux classes les pièces de ce répertoire, cela semble juste. Les droits d'auteur, pour l'ouvrage qui réussit par son intérêt seul, doivent être plus forts que ceux affectés à la pièce dont le succès est dû au décorateur, au costumier, etc., etc.

Eh! comment le gouvernement pourrait-il un

jour faire percevoir ce qui reviendrait à la caisse
des encouragements et pensions, s'il n'y avait
une base parfaitement établie pour tous les droits
d'auteur, et si chaque genre n'était pas définiti-
vement classé?

La perception générale ayant lieu désormais
d'après un arrêté ministériel, plus d'obstacles,
plus d'innovations, plus de réclamations. D'a-
vance, un auteur saura ce qu'un ouvrage, reçu au
théâtre de la Porte Saint-Martin, lui rapportera
s'il réussit, comme il le sait approximativement
pour une pièce sur le point d'être jouée à l'Opéra-
Comique ou au Vaudeville.

Ainsi donc, en résumé, nous dirons :

Perpétuité de la propriété dramatique, comme
propriété d'exception ;

Concessions dues à la Comédie-Française pour
la gloire et les progrès de l'art ;

Fixation générale des droits d'auteurs pour les
grands comme pour les petits théâtres de la capitale et des départements, établie, de concert avec
les auteurs, par le gouvernement, tant pour les
auteurs vivants que pour leurs héritiers ou cessionnaires ;

Caisse générale des encouragements et pensions, placée sous la surveillance attentive de
l'état, protecteur naturel de la grande famille
des gens de lettres.

DU PLAGIAT,

ET DE L'ÉTABLISSEMENT D'UN JURY LITTÉRAIRE.

Si la *propriété dramatique*, dont la durée n'est que de dix ans après le décès de l'auteur, devient, comme on le sollicite et comme on l'espère, transmissible à *perpétuité*; si alors elle est assimilée à toute propriété mobilière, foncière ou autres, il est une réflexion qui se présente naturellement à la pensée.

Ce que, jusqu'ici, on a appelé plagiat, doit cesser d'être ainsi nommé: l'action du plagiat entraîne désormais avec elle la qualification flétrissante, mais vraie, de *vol*, dans toute l'acception du mot.

Cette dénomination paraît d'abord exagérée, injurieuse: nous allons prouver qu'elle est une conséquence du principe.

Ou un ouvrage appartient à l'auteur, ou il appartient au domaine public: s'il fait partie du domaine public, peu importe le plagiat; on pourrait plutôt le considérer comme étant d'une certaine utilité pour les sciences, la littérature et l'art dramatique, qu'il peut également enrichir d'excellentes productions, par la raison qu'un homme doué d'un talent supérieur tire souvent un très grand parti de l'œuvre de l'ignorance ou de la médiocrité. Mais si un ouvrage est la propriété exclusive de l'auteur, le plagiat n'est plus autre chose que le fait de l'homme qui dérobe, de l'homme qui dépouille autrui pour se vêtir, car on se demandera ce qu'il y aura de dissemblable alors entre celui qui pillera une pièce de théâtre pour s'en approprier les situations, et celui qui s'emparera d'un manteau pour s'en faire un habit; ce ne sera plus au domaine public que le premier portera préjudice, mais à un individu dont la propriété aura été reconnue, et sera placée de droit sous la sauve-garde des lois.

Voltaire a dit: *Bien imiter, c'est créer.* Cette maxime accommodante est devenue l'excuse et la légende de l'ineptie. Les poètes sans verve, les auteurs sans imagination, ont dit : Nous sommes inhabiles à inventer, imitons : « *Bien imiter,* » *c'est créer.* »

Quelques journaux ont encouragé la mise en pratique de ce paralogisme : certains compilateurs de profession ont cherché à justifier, à autoriser le plagiat, pour n'avoir plus à rougir d'être pla-giaires.

Ainsi, dans la république des lettres comme dans celle de Sparte, le larcin s'est trouvé récom-pensé, mais avec cette différence toutefois, qu'à Lacédémone il n'obtenait de récompense que

lorsqu'il était fait avec adresse, et qu'à Paris, beaucoup moins difficile, on le loue, on le favorise,
pourvu qu'il soit productif.

Une telle doctrine a dû occasionner dans la
littérature une licence effrénée, et ce qu'on peut
appeler, comme Mme. de Sévigné, un véritable
dévergondement. Faisant abnégation de toute
pudeur, on a dépouillé et l'on dépouille encore,
non seulement les morts, mais même les vivants,
avec une audace et une sécurité sans égales.

Jusqu'ici le plagiat n'avait été justiciable que
de l'opinion publique, mais dans l'hypothèse nou-
velle, le plagiat devient un délit réel et qui est de
la compétence des tribunaux, puisqu'il consiste
à spolier un citoyen, ou ses héritiers, ou ses collatéraux, ou ses cessionnaires.

Par une bizarrerie fort remarquable, les com-
positeurs de musique ont le privilége d'empêcher
pendant cinq années qu'on se serve des airs, des
morceaux d'un opéra, ailleurs que sur le théâtre
où cet opéra a été représenté, et l'auteur du poëme
ne peut s'opposer à ce qu'on ravisse une scène
entière, une situation dramatique qui lui appartient !

La loi, en limitant à cinq ans ce privilége, a
fait assez connaître qu'au bout de ce temps déterminé, tous les ouvrages d'un compositeur rentrent
dans le domaine public, et en n'accordant point

une prérogative semblable aux auteurs dramatiques, elle a tacitement stimulé le plagiat.

Une difficulté s'élève. Comment, dira-t-on,
porter devant les tribunaux les imputations de
vols littéraires? Les juges seront donc obligés de
comparer sans cesse des manuscrits, d'assister à
des représentations, parce qu'une scène est mieux
sentie lorsqu'elle est jouée que lorsqu'elle est lue,
et surtout lue par ceux qui n'ont pas fait une
étude particulière du théâtre.

Cette objection est judicieuse sans doute; mais
peu de mots suffisent pour y répondre: Etablissez
un jury littéraire.

DU JURY LITTÉRAIRE.

Si l'on réfléchit un moment sur toutes les ressources de l'art pour déguiser le plagiat, lui donner le masque de l'invention; si l'on songe un
instant à tous les subterfuges qu'on peut mettre
en usage pour éluder, devant un tribunal ordi-
naire, les accusations *de larcin littéraire*, on sera
convaincu de la nécessité d'une juridiction spé-
ciale, composée de littérateurs proprement dits et
d'auteurs dramatiques.

Combien d'ailleurs ne survient-il pas de diffé-
rends entre les auteurs et les comédiens-sociétaires
ou les directeurs, et entre les auteurs eux-mêmes!

Au lieu de rendre le public juge de ces scanda-
leux débats, ne serait-il pas plus décent que de
pareilles discussions n'eussent lieu qu'en présence
des parties intéressées et des gens de lettres? Il
existe un tribunal pour le commerce; par quel
motif n'en créerait-on pas un pour la littérature?
Les négociants ont leurs juges parmi eux; les littérateurs ne devraient-ils pas avoir les leurs, aujourd'hui que la culture des lettres n'est plus,
pour ainsi dire, qu'une spéculation?

Le jury littéraire se composerait de sept membres, savoir: quatre littérateurs ne consacrant
point leur plume au théâtre, et trois auteurs dramatiques, tous choisis parmi les plus anciens et
les plus renommés.

Ce jury serait spécialement chargé de pronon-
cer sur toutes prétentions, réclamations, contes-
tations littéraires ou dramatiques.

Il déterminerait l'indemnité à payer à l'auteur
lésé par le plagiaire.

Cette indemnité serait imputée, tant à Paris
qu'en province, sur tous les droits d'auteur résultant de l'ouvrage du plagiaire; elle pourrait être
d'un quart, d'un tiers et même de la moitié desdits
droits.

Dans le cas où le plagiat nuirait d'une manière
évidente à l'ouvrage servilement imité, le jury
pourrait ordonner la saisie de cette copie frandu-
leuse, défendre les représentations si cet ouvrage

était dramatique, et le considérant comme une contrefaçon, appliquer à l'auteur les peines portées par la loi relative aux contrefacteurs.

Tels sont, en aperçu, les attributions et les avantages du jury littéraire proposé. Cette institution mettrait un terme aux envahissements continuels du plagiaire éhonté, et deviendrait conservatrice de la propriété des hommes de lettres.

Il est un fait bien constant : c'est que toute loi sur la *propriété littéraire* ou *dramatique* ne sera jamais qu'illusoire, tant qu'un ouvrage, dont la possession aura été acquise *à perpétuité* par cette loi, pourra être impunément pillé, mutilé, et, sous vingt titres différents, offert à la curiosité publique.

FIN.